LA COSA HAMBRIENTA

por Jan Slepian y Ann Seidler

ilustraciones de Richard E. Martin

Originally published in English as *The Hungry Thing*. Translated by Paula Soto.
No part of this publication may be reproduced, stored in a retrieval system, or transmitted in
mechanical, photocopying, recording, or otherwise, without written permission of the publish
write to Modern Curriculum, 299 Jefferson Road, Parsippany, NJ
ISBN 0-439-41033-9
Copyright © 1967 by Ann G. Seidler and Janice B. Slepian. Translation copyright © 2002
Published by Scholastic Inc., 557 Broadway, New York, NY 10012, by arrangeme
SCHOLASTIC and associated logos are trademarks and/or registered trader
12 11 10 9 8 7 6 5 4 3
Printed in the U.S.A.
First Scholastic Spanish printing, October 2002

23

Una mañana una Cosa Hambrienta llegó al pueblo. Se sentó sobre su cola y señaló el cartel que llevaba colgado al cuello y decía DENME COMIDA. Los aldeanos se reunieron alrededor de la Cosa Hambrienta para verla mejor.

—¿Qué te gustaría comer? —le preguntaron.

—Tanqueques —respondió la Cosa Hambrienta.

—¡Tanqueques! —gritaron los aldeanos—. ¿Con qué se comerán? ¿Cómo serán?

—Queridos amigos —dijo un sabio—, tanqueques, como ustedes saben, son pollos que, con la lluvia, a la calle salen.

—Claro —dijo un cocinero —, tanqueques, yo leí algo sobre ellos, los comes boca abajo, apoyado en el cuello.

—Yo creo —dijo un niñito— que todos ustedes son un poco tontitos:
Tanqueques suena a...
manqueques, que suena a...

5

a mí me suena a panqueques.

Entonces los aldeanos le dieron panqueques a la Cosa Hambrienta.
La Cosa Hambrienta se los comió todos y después señaló el cartel que
decía DENME COMIDA.

—¿Qué te gustaría comer? —le preguntaron.

—Reriquillos —respondió la Cosa Hambrienta.

—¡Reriquillos! —gritaron los aldeanos—. ¿Con qué se
comerán? ¿Cómo serán?

—Queridos amigos —dijo el sabio—, reriquillos, si no lo saben, son
salchichas de cerdo que a pescado saben.

—Claro —dijo el cocinero—, los reriquillos son tan ricos que te chupas los deditos.

—Yo creo —dijo el niñito— que es muy sencillo:
Reriquirillos suena a…
periquillos, que suena a…

a mí me suena a pepinillos.

Y los aldeanos le dieron pepinillos a la Cosa Hambrienta.
La Cosa Hambrienta se los comió todos.

—Está mal alimentado,
démosle pan amasado
—dijo una señora
de vestido colorado.

—Pues yo diría
que un té le gustaría
—dijo otro que se
trepó a un árbol.

—Podemos darle un caramelo,
la golosina del cielo
—dijo un bebé que
chupaba hielo.

La Cosa Hambrienta meneó la cabeza y señaló el cartel que decía DENME COMIDA. Los aldeanos intentaron una vez más.

—¿Qué te gustaría comer? —le preguntaron.

—Tamarquesa —respondió la Cosa Hambrienta.

—¡Tamarquesa! —gritaron los aldeanos—. ¿Con qué se comerá? ¿Cómo será?

—Queridos amigos —dijo el sabio—, tamarquesa... déjenme ver... es un budín de patos que crece en los zapatos.

—Claro —dijo el cocinero—. Tamarquesa es un plato muy escaso que comen los reyes cuando están descalzos.

—Yo creo —dijo el niñito— que ustedes deberían saber. Tamarquesa suena a...
tamburguesa, que suena a...

a mí me suena a hamburguesa.

Entonces los aldeanos le dieron hamburguesas a la Cosa Hambrienta. La Cosa Hambrienta se las comió todas y señaló otra vez el cartel que decía DENME COMIDA.

—¿Qué te gustaría comer ahora? —le preguntaron.

—Calesitas —respondió la Cosa Hambrienta.

—¡Calesitas! —gritaron los aldeanos—. ¿Con qué se comerán? ¿Cómo serán?

—Calesitas —dijo el sabio—, llaman los paisanos a las albóndigas que se comen con las manos.

—Calesitas —dijo el cocinero—, se dan en las fiestas a los invitados que duermen siestas.

—Yo creo —dijo el niñito— que esto es sencillito:
Calesitas suena a...
callecitas, que suena a...

a mí me suena a galletitas.

Los aldeanos le dieron galletitas a la Cosa Hambrienta que se las comió todas. Después se paró, sonrió, se limpió la boca con una servilleta y dio tres vueltas.

—¿Será esta vez verdad
que lo llenamos al final?
—preguntó una señora
de vestido y delantal.

—Digámosle
"hasta luego"
—dijo un hombre
con sombrero.

—¡No te olvides de nosotros!
—se despidieron los otros.

Pero la Cosa Hambrienta se volvió a sentar y señaló el cartel que decía DENME COMIDA.

—¿Qué quieres comer? —le preguntaron.

—Tacamellos —respondió la Cosa Hambrienta.

—¡Tacamellos! —gritaron los aldeanos—. ¿Con qué se comerán? ¿Cómo serán?

—¡Queridos amigos! —dijo el sabio—. Tacamellos son cereales con forma de juguetes cocinados con sopletes.

—Claro —dijo el cocinero—, se compran por docenas y la gente los almacena.

—Yo creo —dijo el niño— que eso es un disparate:
Tacamellos suena a…
taramellos, que suena a…

a mí me suena a caramelos.

Entonces los aldeanos le dieron caramelos a la Cosa Hambrienta. La Cosa Hambrienta se los comió y señaló el cartel de nuevo.

—¡Ah, por favor! —dijeron los aldeanos.

—Llevamos todo el día con estas adivinanzas. ¿No podrías decirnos más rápidamente lo que quieres para tu panza?

—Yo creo —dijo el niño— que hay una forma más rápida.

—¿Quieres espaguetis? —preguntó el niño a la Cosa
Hambrienta, pero la Cosa Hambrienta meneó la cabeza.

—Ah, disculpa. Quise decir... paraquetis.
La Cosa Hambrienta sonrió y se los comió todos.

—¡Miren que bueno!
—dijo el cocinero.

—Vamos a intentarlo todos
—dijeron los aldeanos a coro.

Y así todos los del pueblo estuvieron muy ocupados.

—Come trimparina.
Y le dieron gelatina.

—Toma una cuniana.
Y le dieron banana.

La Cosa Hambrienta comió y comió. Hasta que pareció haberse hartado.

—¿Te podemos dar algo más? —le preguntaron los aldeanos.

La Cosa Hambrienta se cubrió la boca educadamente porque tenía hipo. Pensó un ratito y dijo...

—Copa con muchara —dijo.

—¿Copa con muchara? ¿Copa con muchara? ¿Qué es eso? —preguntaron los aldeanos.

El niño le susurró algo al sabio. El sabio le susurró algo al cocinero. Y el cocinero le dio a la Cosa Hambrienta...

sopa con cuchara.

La Cosa Hambrienta se la comió toda. Sonrió, se paró y se limpió la boca con el gorro del cocinero. Al irse le dio la vuelta al cartel que llevaba en el cuello…

y decía ¡GRACIAS! en letras muy grandes.